当眼泪袭来时,我的身体就会变成空坛子 / 伫立等候,期待它盛满的时刻

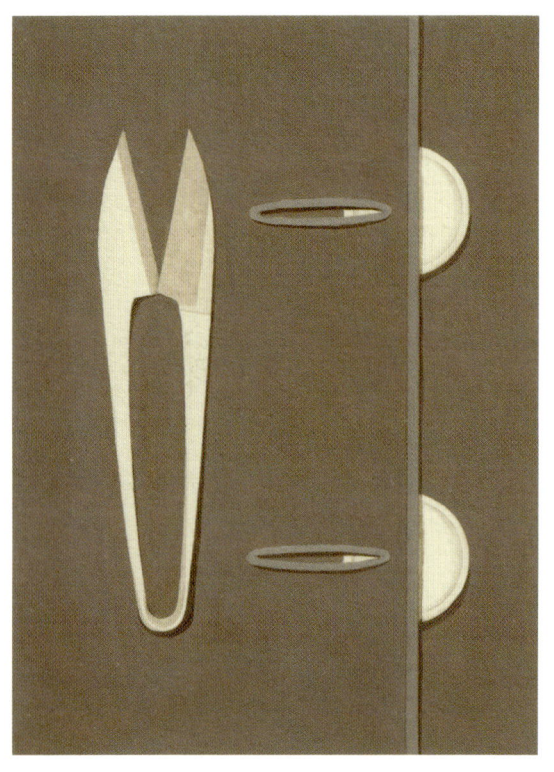

你看／我在跳舞／在燃烧的轮椅上／摇晃肩膀

死了九十八次,又重新睁开眼睛的时候／像胎儿一样弯着腰／再轻巧地坠落一次吧

那时才知道／如果想要那样，就得重新活下去

如果活着只是一场巨大的葬礼／那我真想知道我们剩下的是什么

有些夜晚是透明的／就像某些凌晨一样／在火焰中／有着圆形的寂静

把晚餐放进抽屉

［韩］韩江 著
卢鸿金 译

九州出版社
JIUZHOUPRESS

诗人的话

有些夜晚是透明的。

（就像某些凌晨一样）

在火焰中

有着圆形的寂静。

2013 年 11 月

韩　江

目　　录 contents

卷一　　　　　　　　　　　　　　　凌晨时分聆听的歌

    某个深夜的我　　3

   凌晨时分聆听的歌　　4

    名为心脏的东西　　7

   马克·罗斯科和我　　9

  马克·罗斯科和我2　　12

     轮椅舞蹈　　15

  凌晨时分聆听的歌2　　18

  凌晨时分聆听的歌3　　20

    夜晚的对话　　22

    马戏团女郎　　24

    蓝色的石头　　27

当眼泪袭来时，我的身体就会变成空坛子　　30

卷 二　　　　　　　　　　　　　　　　解剖剧场

  安静的日子　　37

  天黑之前　　39

  解剖剧场　　41

  解剖剧场 2　　42

  流血的眼睛　　49

  流血的眼睛 2　　51

  流血的眼睛 3　　53

  流血的眼睛 4　　56

  傍晚的素描　　58

  安静的日子 2　　60

  傍晚的素描 2　　62

  傍晚的素描 3　　63

卷 三　　　　　　　　　　　傍晚的叶子

　　　　夏日已逝　　69
　　　　傍晚的叶子　　70
　　致孝。2002年冬天　　72
　　　　　没事了　　76
　自画像。2000年冬天　　79
　　　恢复期之歌　　82
　　　　彼　时　　83
再次，恢复期之歌。2008　　84
　　名为心脏的东西2　　86
　　傍晚的素描4　　87
　　几个故事6　　88
　　几个故事12　　89
　　　翅　膀　　90

卷 四　　　　　　　　　　　　　　　　镜子彼端的冬天

    镜子彼端的冬天　　　　95

    镜子彼端的冬天 2　　　102

    镜子彼端的冬天 3　　　105

    镜子彼端的冬天 4　　　107

    镜子彼端的冬天 5　　　109

    镜子彼端的冬天 6　　　110

    镜子彼端的冬天 7　　　113

    镜子彼端的冬天 8　　　115

    镜子彼端的冬天 9　　　116

    镜子彼端的冬天 10　　118

    镜子彼端的冬天 11　　120

    镜子彼端的冬天 12　　121

卷 五　　　　　　　　　　　　　　灯光昏暗的房子

灯光昏暗的房子　127

黎　明　130

回　想　132

无　题　134

某一天，我的身体　135

乌耳岛　136

序　诗　138

六　月　141

首尔的冬天 12　143

傍晚的素描 5　144

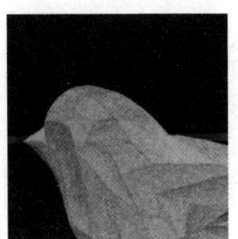

卷 一

凌晨时分聆听的歌
새벽에 들은 노래

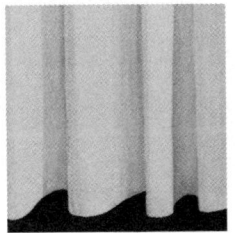

某个深夜的我

某一个深夜

我凝视着

从白色碗里的米饭上方

升起的腾腾热气

那时我才知道

有什么已永远过去

此刻也是一样

永远地在流逝当中

该吃饭了

我把饭吃了

凌晨时分聆听的歌

春光与

蔓延的黑暗

从缝隙中

映照出

死去一半的灵魂

我紧闭双唇

春天就是春天

气息就是气息

灵魂就是灵魂

我紧闭双唇

要蔓延到什么程度?

渗透到什么程度?

得耐心等候

如果缝隙闭合

就要开启双唇

如果舌头融化

就要打开嘴唇

再次

此刻再次

名为心脏的东西

凝视已抹去的单词

依稀剩余的线条的一部分
⌐
或者⌐已然弯曲
在抹去之前已然
空出的关系

我想进入那样的地方
将肩膀卷进内部
弯腰
屈膝
用力收紧脚踝

内心即将变得模糊
但是什么都没有改变

没有完全抹去的刀
长长地分开我的嘴唇

我圆润且后退的舌头
寻找更漆黑的地方

马克·罗斯科和我 —— 二月的死亡

没有必要事先阐明

马克·罗斯科和我毫无关系

他生于 1903 年 9 月 25 日

死于 1970 年 2 月 25 日

我出生于 1970 年 11 月 27 日

现在还活着

只不过

偶尔想起

在他死亡和我出生之间经过的

九个多月的时间

他在工作室旁的厨房里

用刀划过两只手腕的清晨

那前后几天

我的父母行房

没过多久

一丁点的小生命

在温暖的子宫里凝结

在深冬时节纽约的墓地

他的身体还没有腐烂的时候

这件事并不神奇

只是悲凉

我的心脏当时还没有跳动

只是一个小点

不懂得语言

不知道光线

不懂得流泪

只是凝结在

浅红的子宫里

在死亡与生命之间
如同裂缝般的二月
坚持,再坚持
终于在即将愈合的时候

在冰雪融化了一半,更寒冷的泥土里
他的手还没有腐烂的时候

马克·罗斯科和我

如果将一个人的灵魂割开

展示其内部的话

应该就是这样吧

因此

散发出血腥味

用海绵代替画笔涂抹

在永恒蔓延的颜料中

静静地发出

灵魂的血腥味

就这样停止

记忆

预感

指南针

我

还有我

渗透

蔓延

就像即将触碰到的波浪

进入我微细的血管里

你的血

黑暗与亮光之间

任何声音

任何光线也进不去的

深海之夜

一千年前爆发的

星云旁的

长夜

渗透

蔓延

斑斑血迹泛滥的

夜晚

就像刚才

飞过闪电云层的

鸟一般

你灵魂的血

渗入我微细的血管里

轮椅舞蹈

眼泪

现在已然习惯

但它并没有

完全把我吞没

噩梦

现在也已习惯

即便是用身体的每一条血管

燃烧我的不眠之夜

也无法将我全部啃噬

你看

我在跳舞

在燃烧的轮椅上

摇晃肩膀

哦,激烈地

没有任何魔术

也没有秘诀

只是没有任何东西

能让我被完全破坏

只是没有任何地狱

脏话和

坟墓

肮脏、冰冷的雨夹雪

那如刀刃一般的冰雹碎片

能够将最后的我完全粉碎

你看

我在唱歌

哦,激烈地

喷火的轮椅

轮椅舞蹈

——致姜元来的演出

凌晨时分聆听的歌 2

无论何时,树木都在我身边

连接着

我和天空

树梢

细枝

叶子

即使在我最懦弱的时候

我的心

破烂不堪

被撕碎成缕的时候

在我凝望之前

凝望着我

在毛细血管变得干黑之前

张开那青色的嘴唇

凌晨时分聆听的歌

我觉得现在

不需绽放的花苞或

花瓣已经凋落的花梗

也无妨

一个季节就这样过去也好

3

说是有人

上吊

说是有人

忘记了自己的名字

一个季节就这样过去也好

黎明时分

青绿而

朦胧的树木

内部未曾冻住

我抬起头仰望

像火球一样的太阳

直到它划过天际为止

双眼都未曾清洗

难以承受的

月亮

又再次升起

愈合的地方

又再次

裂开

这样的一个季节

再次流血也无妨

夜晚的对话

死亡转身致意

"你会被吞没的"

漆黑颀长的影子印刻在我的脖颈上

不

我不会被吞噬的

这命运的棋盘

会拖很久

太阳西沉,夜晚变黑

变黑,直到再次

变蓝为止

我要把舌头浸湿

我要闻嗅味道

倾听层层夜晚的声音

阅读层层夜晚的色彩

我要在你耳边歌唱

无比低沉

无比温柔

沉醉于那首歌的你

趴在我的膝盖上

直到入睡为止

死亡转身致意

"你会被吞没的"

黑色的影子是墨绿色的影子

墨绿色的

影子

——致《第七封印》

马戏团女郎

我看见一个吊在空中的女人

用红色的长布条

裹住赤裸的身体

坟墓顶端那深蓝色的星辰

殉葬的我们眼睛发光

豁然

每次解开缠绕在你身上的布条时

啪嗒

啪嗒

生命坠落的声音

别担心

我有九条命

不,也许是十九条、九十九条都未可知

死了九十八次,又重新睁开眼睛的时候
像胎儿一样弯着腰
再轻巧地坠落一次吧

缠着红色绳索的腿
再伸直一些

弯曲的脚踝
向空中平伸

就像蒙上眼睛的小丑抛起的
各种颜色的球一样
越来越快,或者
永远漏失

啪嗒

啪嗒

如果听到

举行葬礼的声音

哭喊的声音

我会出去迎接

继续

继续往下一些

蓝色的石头

十年前梦见的
蓝色石头
还在那溪水之下吗

我已死去
死后走在春天的溪边
啊,因为死了,所以真好
非常开心
就像棉花一般轻盈

我看见透明的水波之下
雪白、圆润的
鹅卵石
真是白皙啊
一、二、三

就在那里

原本淡蓝,更显静谧的

那块石头

我也不知不觉想伸手捡拾

那时才知道

如果想要那样,就得重新活下去

那时第一次觉得疼痛

如果想要那样,就得重新活下去

我睁开眼

那是深夜

在梦里流淌的眼泪依旧温热

十年前在梦里看见的蓝色石头

这期间有没有捡到过

是否也曾错过

是否曾经永远失去过

黎明时分渗入浅眠中的

是那蓝色的影子吗

十年前在梦里看见的

蓝色石头

如果回到那闪耀的河川

仔细端详

那里是否

还像瞳孔一样静谧

当眼泪袭来时,我的身体就会变成空坛子

我曾在街道中央掩面而泣
无法相信,竟然还有眼泪

当眼泪袭来时,我的身体就会变成空坛子
伫立等候,期待它盛满的时刻

我不知道,有多少人与我擦肩而过
沿着无尽的街道、小巷流淌

如果有人拍打我的身体,我会被吓到
如果有人竖起耳朵倾听,我也会被吓到
因为响起了黑色的水声
因为响起了深沉的水声
圆圆地
更圆地
因为必然引起了轩然大波

无法相信，竟然还有眼泪
无法知晓，竟然再也不畏惧任何事情

独自走在街道中央的时候
就这样永远地死去，在我心中的你

独自走在街道中央的时候
就这样再次苏醒，在我心中的生命

二〇〇五年五月三十日,济州的春日海边阳光无限灿烂,鱼鳞般的风将盐渍用力地浇灌在我身上。从现在起,你的生命就是额外加添的了。

    看见小鸟飞走了

    眼泪还没有干

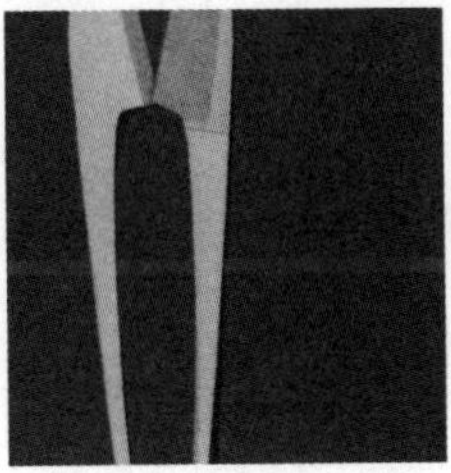

卷 二

解剖剧场
해부극장

安静的日子

疼痛之后
在墙底下
看见白色的石头

长久沾染污垢
两节手指大小的
尚未圆润的石头

  你真好
   没有生命

不管如何端详
再没有对视的眼睛

流着血的黯黑太阳
围绕在你明亮的周围

我没有伸出手

对谁都没有

疼痛之后

回来之时

在抹去的路上

蹲下之后

未曾伸出手

天黑之前

天黑之前
听到这句话

会变得更暗
还会变得更暗

你没有用影子揉搓
如地狱般干枯的眼皮
凝视着我的眼睛
我的眼睛也是
如干涸的地狱一般

会变得更暗

还会变得更暗

（我畏惧）

我不畏惧

解剖剧场*

一副骸骨

斜靠在石碑上

将手放在

石碑上另一副骸骨的额头上

由细致的骨头

构成的手

那样小心翼翼地

整齐张开的手

眼神空洞的双眼

凝视着眼神空洞的双眼

(我们没有对视的眼睛)

(没关系,就这样再待一会儿吧)

---

* 17世纪比利时解剖学家安德烈·维萨里(Andreas Vesalius)的书,刊载着构图独特的骸骨图画。这些画是维萨里经过数年的激进解剖研究,将人类的骨骼、器官、肌肉等精巧的细节刻在木板上制作而成的。

解剖剧场

我有

舌头和嘴唇

2　　有些时候很难忍受这些器官的存在

我，受不了了

比如说

你好

比如说

你怎么想

比如回答

是真的之时

弯弯曲曲的舌头

碰到

我的上颚

光滑的牙齿背面的时候

触碰,然后离开的时候

       *

所以我的意思是

你好

你怎么想

  我是真心的

  我在后悔

我现在什么都不相信了

*

我有

心脏

还有不知疼痛的

冰冷的头发和指甲

有些时候很难忍受这些器官的存在

我强忍着说

我有红色的东西

每一秒都在收缩后展开

每一秒都会喷出一个拳头大小的热血

*

数年前我扭伤的脚踝

又重新发炎

每走一步都有安静地被火焚烧的时刻

比那更早以前

因车祸受伤的膝盖

有像地板一样发出嘎吱嘎吱声响的时刻

比那更久以前被压伤的手腕

手指的各个关节

深情地

诉说着充满痛苦的话

*

但是在暮春的某个下午
深蓝的 X 光照片里的我
是一副个头不太高的骸骨

因为没有皮肤
自然很瘦削
倒三角形的骨盆里边是空的
臀骨上的一块椎间盘
非常美丽，像新月一样，有些磨损

不会腐烂
永远静止不动的
精巧细骨

通畅的鼻腔和空洞的瞳孔

仔细地注视着我的脸

没有舌头和嘴唇

没有任何鲜红的热血

*

身体里曾经清澈积聚的东西

被烈日晒干的日子远扬

黏稠的东西

连悲痛也

一起干涸

变得轻盈的日子

就算好不容易才将我温暖的肉体

用手术刀切开

仍无法窥视任何蠕动的东西

只是向着太阳的方向闭上眼睛
必须在橙色的虚空中
写下"生命""生命"的日子

因为没有舌头
那句话无法抹去

流血的眼睛

我有一双流血的眼睛

除此之外还拥有什么
都已经遗忘

没有甜蜜的
也没有苦涩的东西
柔软的
脉搏跳动
静静地揉搓心脏

不经意间忘记了
怎么会
再也无路可走

所有东西看起来都不是红色,只是

不相信一切静谧的东西,决定省略
呻吟
用如同卵膜般轻薄的眼皮
闭上眼睛休息的时候

那时我对自己的脸颊不满
也不喜欢我的嘴唇、饱经风霜的人中

我有一双流血的眼睛

流血的眼睛

2

我让八岁的孩子

为我起印第安式的名字

大雪纷飞的悲伤

是孩子给我起的名字

（我的名字叫闪亮的树林）

此后每当深夜闭上眼时

六角形的雪

虽然从眼皮外侧降下

但我无法看到

我看到的只是

血的睡眠

在纷飞的雪中
我两眼紧闭地躺卧着

流血的眼睛

3

如果被允许,我想谈谈苦痛

初夏的天际
仰望着摇曳的巨大柳树
随着那灵魂的频率
领悟到灵魂破碎的瞬间

(真的)如果被允许,我想询问

即便如此破碎
我仍然活着

皮肤柔软
牙齿洁白
头发依旧乌黑

在冰冷的瓷砖地板上

跪下

记忆起根本不相信的神时

救救我,这句话如此隐约闪烁的理由

眼睛里流淌的黏糊糊的东西

为何不是血而是水呢

破碎的嘴唇

黑暗中的舌头

(还是)流向漆黑开合的肺脏

我还想询问

如果被允许的话
（真的）
如果不被允许的话
不

流血的眼睛 4

开启这昏暗的晚上
走进世界的另一端
所有的一切
都转过身去

我似乎能忍受
这些静静转过身去的背影
我尽可能想长久地
坐在这里

即便是光
也只是射进来后被囚禁的光线

而所谓悲伤
只是已经流走的痕迹

在我安静的眼中

只有被刺过的痕迹

只有血的阴影

随之流淌

变成灰烬的

黑色

傍晚的素描

某些晚上浑身是血

（就像某个凌晨那样）

如果我们的眼睛偶尔是黑白镜片的话

黑与白

在此期间随着无数阴影

穿上一件件薄薄暗黑的褴褛衣衫

躲开外灯走来的人

平和

或者是长久的地狱

用相似的白皙表情解读

外灯虽是白色

但灯罩的外围却静默地散发出灰暗的亮光
浸湿他的眼睛
静静地、黑黑地流淌而下

安静的日子 2

我去关上阳台的窗户

在雨水飞溅进来之前

（别碰我）

蜗牛为了移动，身体从壳里爬出来后说道

留下半透明
黏稠的污迹，稍微前行

为了稍微前行，将柔软的身体从壳里
为了稍微前行，伸出灵敏的身躯
从铝合金窗框之间

别刺我

别踩烂我

不要在一秒之内
压碎我

(但是没关系,不管你是刺我还是砸碎我)

就这样
再稍微前行一丁点

傍晚的素描 2

冰块落入
脖子和肩膀之间

我看着它逐渐融化

此刻
更加漆黑

我虽用指尖感受那个
用指尖摸索着寻找家门的人

却不知道他
是要出去
抑或要进去（何处）

傍晚的素描 3 ——玻璃窗

玻璃窗
贯通结冰的纸张
寂静的夜晚流淌

没有红霞的向晚

对面住家的庭院
挂在裸木间的晾衣绳上
藏蓝色的学生外套随风飘扬

（这样的晚上
我的心脏在抽屉里）

玻璃窗
沉默的结冰白纸

张开嘴唇之后

我学习到

坚实的密封

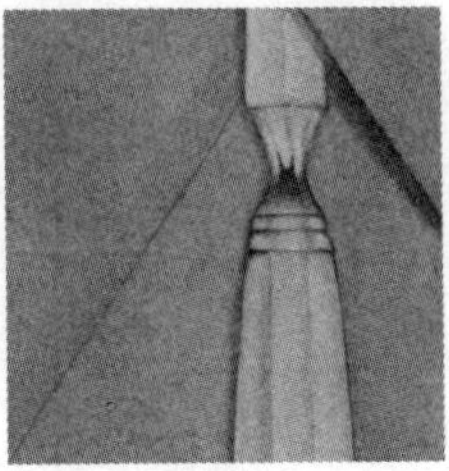

卷 三

傍晚的叶子
저녁 잎사귀

夏日已逝

　　与穿着黑衣服的朋友告别,在出殡前的清晨,我看见站立在车窗外阳光下的暮夏树木。树木不会知道我从它们面前经过,正如同此刻的我想不起它们之中任何一棵的形象,亦正如同我看不到任何一片树叶翻转身躯一般。我们相处得太短暂了,我颤抖着身子号啕大哭。即使相处,也没有余裕吧?没有喘息的时间吧?即使无声地伸出双手,即使对双手突然感到惊讶而转身回望。

傍晚的叶子

微绿的
蜷缩在黑暗中
以为是在等待夜晚
到来的却是清晨

时间好像已经流逝
百年左右
我的身体
像巨大的缸子一样越发深邃

想起舌头和嘴唇
我后悔了

我似乎了解

起身又是百年

得在太阳底下行走

那里的傍晚叶子

用别的光线翻身

淹没在漆黑之中

致孝。2002年冬天

大海没来到我这里
带着害怕的表情
孩子说
因为涌上来,从远处
因为涌上来
以为经过我们的身体
似乎会一直涨起来

大海没有来到你身边吗
但是又开始涌上来的时候
感觉会再次永不休止吧
你会抱着我的腿往后躲吧
仿佛我
无论面对什么
就算是大海
都能守护你一般

咳嗽严重

把吃下的东西都吐出来

流着眼泪

就像呼唤妈妈、妈妈一样

就像是我

有力气让它停下来一样

但很快

你也会知道吧

我能做的事情

只有记住这件事

那闪烁的巨流和

时间和

成长

都执拗地消失

在新生事物的前面
我们曾在一起

那些五彩缤纷的瞬间
那些一起分享隐秘的岁月
其实只是从一开始就用沙子
铭刻在这个身躯上而已

没关系
因为大海还没有到来
直到它把我们卷走为止
因为我们会这样并排站着
因为我会再捡一些白色的石子和贝壳
因为我会把被海浪打湿的鞋子晾干
拍落粗糙的沙粒
有时也会

瘫坐在地上

用脏手

擦拭眼睛

没事了

孩子刚出生两个月的时候

每天晚上都哭

不是因为肚子饿

也不是因为哪里不舒服

没有任何理由

从太阳西下到晚上,整整三个小时

担忧如同泡沫般的孩子会消失

我双手抱着

在屋子里绕了无数次,问他

怎么了

怎么了

怎么了

我的眼泪落下

有时还滴进孩子的眼泪中

某一天

我突然说出

没有任何人教过的

没事了

没事了

现在没事了

如同谎言一般

虽然孩子的哭声没有停止

平静下来的

虽然是我的哭泣，但

应该是偶然的一致吧

几天后孩子就停止了夜晚哭泣

过了三十岁才知道

当你在我怀里哭泣的时候

应该怎么办
静静地看着哭喊的孩子的脸
对着那极咸且如泡沫的眼泪说道
没事了

不是怎么了
而是没事了
现在没事了

自画像。2000年冬天

楚国有一个男人

为了去西安买了马、马车，雇了车夫

出发之时，人们说道

那个方向不是去西安的路

男人回答

这是什么话？

马匹壮硕、马夫老练

还有精心制作的马车

旅费也很充足

别担心，我

一定可以去西安

岁月流逝后

在日暮的沙漠中

吃的东西、携带的钱都耗尽了

马夫逃跑

马匹也都死了
只剩一个生病
脚底被埋在沙地里的
男人

在干涸的喉咙里
只存留无尽的尘土
回返的足迹
早已被路上的风抚平
执着、傲气、斗志
任何热情和凄惨
以及忍耐
都不能把男人带到西安去

楚国的男人
眼盲

病重，永远

去不了西安

恢复期之歌

现在

活着的究竟是什么

咬着牙躺着的时候

太阳

照在脸上

直到光线逝去

闭着眼睛

静静地

彼时

当我觉得自己无比凄惨地与人生展开肉搏战时,发现我喘着气扭抱着的竟是鬼怪。鬼怪也汗流浃背,让我的眼皮、肚皮淤血。

但当我第一次与人生的一个袖口握手时,仅凭那种握力,我的手骨就粉碎了。

再次,恢复期之歌。2008

我看着银色尾翼闪耀的

飞机远行

从右边的山后飞来

消失在卷云中

没过多久

另一架银色尾翼闪耀的飞机

飞过相同的路径之后消失

哗哗

蔚蓝

炽热天空的

眼里

有什么话

像什么誓言一样

滑翔之后消失

把坚硬的拳头藏在口袋里

我把它们刻在舌头的背面

闭上的眼睛外面是橙色

比我的身体更炽热的橙色

划过我的身体离去

被割破的舌头下方堆积的腥味

（安静地，以惊人的速度）

自己抹去痕迹

名为心脏的东西 2

今天我没有发出声音

照在墙上的微光

以及阴影

因为相信已经成为什么

死亡

终于成为某一件事物

那为什么是痛苦

我很好奇

傍晚的素描

4

我没有忘记

我拥有的所有活生生的东西

破碎的东西

碎裂的舌头和嘴唇

温暖的双拳

用那双即将破碎的清澈双眼

一片特别大的雪花

看着黑色水坑的薄冰下沉

      有什么东西

      在闪亮着

直到闪亮为止

几个故事

6

你在哪儿呢?我是来跟你说话的,能听到我的声音吗?我来这里不是为了赌上人生,而是为了赌上自己的心。每当傍晚降临,冬天的树木看起来就像是雪白、冰冷而挺直的骨头。你知道吗?所有的残酷都是因为长久持续而形成。

某种悲伤没有水气。坚硬，如同用任何刀都无法磨削的原石一般。

翅　　我不知道那条高速公路的编号
膀　　从爱荷华州到芝加哥的一条大路的边缘
　　　　一只鸟死去
　　　　刮风的时候
　　　　当巨大的汽车发出雷鸣声驶过的时候
　　　　如叶子般的翅膀静静地飘动
　　　　再走十英里左右
　　　　我乘坐的巴士开始被雨淋湿

　　　　那翅膀湿了

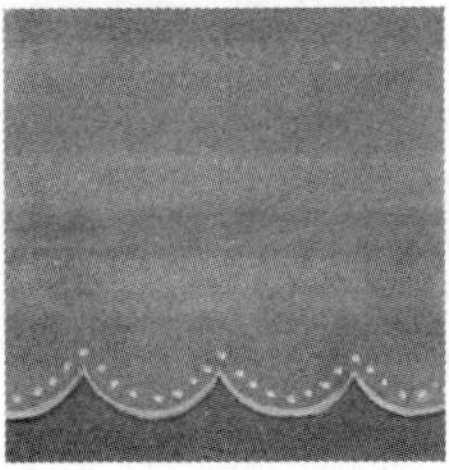

卷 四 　　　　　　　　　　　　　　　**镜子彼端的冬天**
　　　　　　　　　　　　　　　거울 저편의 겨울

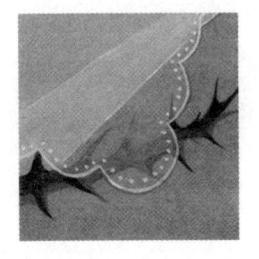

镜子彼端的冬天

1

凝视火花的眼珠

嫩绿的
心脏模样的
眼睛

最炙热最明亮的
是围绕它的
橙色内部火花

最为摇晃的
是再次围绕着它的
半透明表面火花

明天清晨,我将

去往最远城市的清晨

今天早晨

火花的淡蓝眼睛

凝视着我眼睛的彼端

  2

  我的城市现在是春天的早晨。如果通过地球内核,不动摇,穿透中心,就会出现那个城市。时差正好是十二个小时,季节正好是半年后,亦即那个城市现在是秋天的夜晚,就像有人静静地跟随一样,那个城市也紧跟着我的城市。想要度过夜晚、想要度过冬天,静静地等待。就像有人静静地超越我一样,在我的城市超越那个城市的时候。

3

镜子中,冬天在等候着

寒冷的地方

极其寒冷的地方

因为太冷
所有的一切都无法颤抖
(冻着的)你的脸孔
也无法破碎

我不伸手

你也是
讨厌伸出手来吧

寒冷的地方

长久寒冷的地方

因为太冷
瞳孔无法晃动
那些眼皮
（一起）不懂得如何闭上

在镜子里
冬天等候着

在镜子里

我无法避开你的眼睛

你讨厌伸出手来吧

  4

说要飞行一整天

将二十四小时紧紧折叠，放进嘴里
说会钻进镜子里面

进去那个城市住宿的地方之后
脸要洗得久一点

这城市的痛苦如果被静静超越
我会悄悄地跟在后方

我要靠在你暂时不凝望的
冰冷的镜子后方
嘴里随便哼唱

将二十四小时紧紧地折叠
直到用炽热的舌头吐出的你
回去凝视我为止

  5

  我的眼睛流着两行烛泪，燃烧着烛芯，它既不滚烫也不令人疼痛。蓝色烛芯晃动的是灵魂的到来，灵魂在我眼中摇曳、呢喃。远处翻腾的火花想要逃得更远，因而翻腾得更厉害。明天你即将前往最远的城市，我则在这里燃烧。你现在把手伸进虚空的坟墓里等待,记忆像蛇一样咬着你的手指,你既不烫也不疼。你未曾微动的脸孔既不燃烧也未曾破碎。

镜子彼端的冬天 2

凌晨

有人跟我说

人生没有任何意义

剩余的只是投掷光线

从噩梦中醒来

又是等待另一个噩梦的时节

有些梦像良心一样

像作业一样

挂在心口

如果

投掷光线

光线

会像球一样吗

胳膊要伸向哪里

要如何投掷

多么遥远,多么近

作业还没完成,几年就过去了

有时

凝视着好不容易用双手握住收集到的

光线的球

虽然不知道温不温暖

不知道它冰不冰凉

或者透不透明

也不知道是否从指缝中流了下来
或者蒸发成了白色

现在的我
突然进入镜子彼端的正午
就如同记得镜子外湛蓝的午夜一般
还记得那个梦

镜子彼端的冬天

3
——
给J

安静地
滑了下去
不知道要进到哪里
在更深入的时候

好久没见的朋友说,你最近走得很快,上学的时候你是个要么走得很快,要么走得很慢的孩子。毕业很久以后,当我走得很慢的时候,想与你见面的原因,是因为你是个走得很慢的孩子。那时如果突然遇到你,我希望你能走得很快,但那是因为你用走得很慢的身子,很快地向我走来。我偶然在街上看到你的时候,你真的那么快地走来。我走得非常慢,几乎是停了下来。你叫我名字的那一瞬间,我的嘴唇为之扭曲,那虽然不是为了哭泣,但无论如何,我开始眼泪盈眶。那只是因为我走得很慢而已,只是走得很快的你用手短暂地抱住我。我无法忘记。有一天我问你的时候,你说不记得了。当时我想,那是因为那时的你走得非常、非常快。

为什么这么冷呢?
你笑着说
这地方
真是冷啊

我想思考

（还是满身鲜血）

对于比太阳小 400 倍的月亮

因为比太阳更接近地球 400 倍

所以月亮的直径

与太阳的直径正确重叠的奇迹

对于掉落在黑色大衣袖子上的正六边形雪花

观察那结晶形象的时间

一秒钟

或者更短一点

我的城市

与镜子彼端城市重叠的时间

燃烧的

只留下红色边缘的时间

镜子彼端的城市
暂时贯通我所在城市的
(炽热的)阴影

对视的双眸
圆圆地遮住彼此的瞬间
完全删除凝视的瞬间

冰块的静谧棱角

(还是满身鲜血)
短暂凝视的
冬天的外层焰

不用再重新对表了
时差十二小时
早晨八点

瑟瑟发抖
拉着行李

拉着不是住院
也不是出院的行李

没有血迹
也没有疤痕，哐当哐当

进去
向着晚上的背面

镜子彼端的冬天

6

——重力线

事物坠落的线
从空中到地面
明确地

一个点和
最快连接不同点的

冷酷或残忍的
直线

带有羽毛的东西
六角形的雪花
宽而飘逸的
若不是这个就无法避开的线

走在白人修建的

白人的街道上
仰望用马蹄踏着杀戮记忆的
罗卡*的铜像时

我想着镜子此端和相反一端的屠杀

我想着因乱刺
导致死亡的直线

我想着完全无法隐藏直线的
人类身体的柔软,以及

一次
完全到来的
重力的直线

* 消灭南美大陆南部的原住民,建设阿根廷的军人。

我记得你的沉默

你不相信神

也不相信人类

镜子后面的

百货公司食品区

年纪初老的疲惫女人

穿着鲜明的蓝色罩衫

正喝着第二瓶啤酒

塑料碟子里

堆放着炸薯条

一次性酱汁袋被撕开

在撕破的开口上

沾着甜黏糊糊的酱汁

一双空洞的眼睛凝视着我

没有攻击你的想法

——这个密码

刻在上扬的嘴角上

数十张肮脏的桌子

数十名疲惫的购物者

几百根热薯条

别想攻击我

等候着

被撕开的食欲

拄着白色拐杖的两个白发眼盲的男人
前后并排
配合着皮鞋和拐杖的节拍走着

前面的男人
摸索着打开商店的门进去

后面的男人似乎在保护前面男人的后背一般
用胳膊围着他,跟了进去

用带着微笑的脸孔
关上玻璃门

镜子彼端的冬天

9
——探戈剧院的弗拉曼柯舞

直视正面跺脚

脚踝晃动或弯曲
节奏松散或破碎

脸孔朝向正面
双眼炽热

凝视无法直视的事物
例如太阳、死亡
恐惧或者悲伤

只要能战胜它们
向心脏充气
会滑倒的，歪斜的

（像抽泣的面包一样，
乐器鼓起）

只要能战胜它们
也许可以拥有你
也有可能杀掉你

随着重力歪斜
以更紧实的斜线滑倒

阴历十五过后的
月亮令人陌生

出生以来从未见过的形象
上端的半圆
微妙地蜷缩起来

沿着江水行走的
我们中的一人说道

因为这里是极端南边
因为我们的城市在遥远的北方

沿着倾斜行星的轴心
如此遥远地滑落
对准视线的角度

月亮的上缘为之凹陷

用手掌按压过的盐球,或者
像冰冻的小麦面团一样
(非常小的)扁平的月亮

就像我们安静地走在
别的行星的
别的月亮下方
(不悲伤)

下雨的动物园

沿着铁窗走着

小河鹿在树下避雨玩耍的时候

母亲在稍远处守候

完全就像人类的妈妈和孩子那样

广场上还在下雨的时候

女人们戴着绣有被杀孩子们名字的

白色头巾

以缓慢的步履前进

镜子彼端的冬天

12

——夏季川边，首尔

晚上
看见啼叫的鸟

在昏暗的木头长椅上啼叫

即使靠近也不逃跑
即使接近到伸手可及的程度
也不飞走

所以突然想起
我变成鬼魂了吗

心想，我终于变成和
无法做出任何伤害的魂灵一样的东西了吗

所以我才说，晚上

给啼叫的鸟

松散地折叠二十四小时

回归的

我的秘密（冰冷地）

流血的寂静

流向结冰稍微融化的喉咙

给不看我的眼睛径自啼叫的鸟

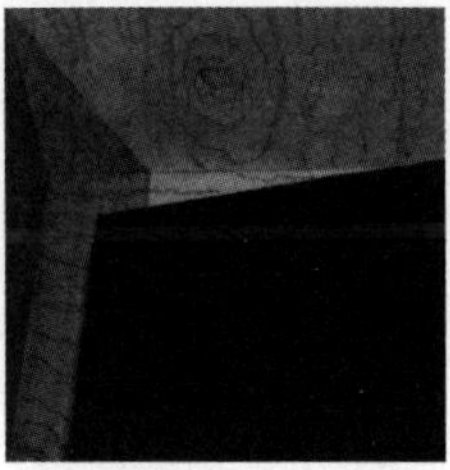

卷 五　　　　　　　　　　　　　　灯光昏暗的房子
　　　　　　　　　　　　　　캄캄한 불빛의 집

灯光昏暗的房子

那天，在牛耳洞
降了雨雪
作为灵魂同志的我的肉体
在每次流泪时都发冷

走吧

犹豫吗
在梦想着什么而徘徊

像花一样灯火明亮的二层房子
在那下面，我学会了痛苦
向着还未到达的快乐国度
愚蠢地伸出了手

走吧

在梦想着什么？继续走下去吧

我走向凝结在街灯上的记忆
抬头仰望，灯罩里面
是一间漆黑的房子
灯光昏暗的房子

天色阴沉，在黑暗中
候鸟
撑起自己的体重飞起
为了那样飞翔，我应该死去几次
任谁也无法抓住我

什么梦这么美
什么记忆

这么灿烂

如母亲指尖般的雨雪啊
梳整我凌乱的眉毛
拍打冻僵的脸颊　在那个位置
再次抚摩着

快走吧

黎　　在凌晨献出我
明　　整洁的绝望
　　　以及刚才张开嘴唇的吟咏

洗过的头发
冰晶蔓延到头顶的
零下的风，献给风的我
洗干净的耳朵、鼻子和舌头

黑暗翻涌，扑向铺道
从未离开过这个城市的候鸟
它们的嘴巴沾上胸毛的时候

踩踏，陡峭的小巷
若是迎风而走

路灯一致熄灭的时间
薄冰最坚硬的时刻

微亮浮现的每个地方
努力发光的碎片

啊啊,黎明
彻夜洗漱,此刻才冻结的
总是在那里醒悟的悲伤
将我活生生的血管,汽笛声
献给悲伤

回想

即使是无所留存的天地

剩余的还是很多

那年晚春

踩碎洒落的疲惫时光

窗户依旧亮起

噩梦习惯性地穿梭于现实

即便咬紧牙根,后背依然冰冷

如一声巨响般凝结之时

在如粉末般的阳光前

就那样

闭上眼就结束了

候鸟从冬天开始,不,从前一年的冬天,不不,

从再前一年的冬天开始

以喉咙疼痛的程度啼叫着

有时下雨,有时放晴,三餐饭始终如一,啊啊

如果活着只是一场巨大的葬礼

那我真想知道我们剩下的是什么

年幼弟弟的画面一如往昔,因子弹和手榴弹

而号啕大哭,在那缝隙中屹立

幸存的英雄们的微笑坚毅无比

那年晚春,每棵树飞扬的并非花粉

破裂的希望碎片

凹陷的脚掌偶尔被割破而流血

被封锁的街道上,一只脱落的鞋始终没有回来

从天地涌来的噩梦在淤血的背上喘息

那天空

那树木

在那些阳光之间

我内在干涸的河床发出啧啧声响后裂开

在留存一切的天地间

没有留存任何东西的那年晚春

无题

有什么灰白的东西漂浮着，一起走着，流淌着。抹不掉，也甩不开，真是个执拗的家伙。无法沟通，怎么都不离开。我想逃走，直到无法脱逃为止，因为无法脱逃，想转身抓住。无法抓住，双臂交叉，抓不住，但偶尔

当我独自哭泣的时候

顺着我的掌心，静静地

颤抖，凝聚

某一天，我的身体

某一天睁开眼

像水一样

隔天睁开眼一看，是墙，久远的

混凝土内墙

在春天尘土飞扬的公交车站

蹲下呕吐的时候，是破烂的

沾上口水的抹布

是放在口袋里折叠刀的

刀刃

每个返家躺下的夜晚，是一颗颗

覆盖泡沫的

镇痛剂糖衣

某一天睁开眼又变成水

生活啊，又再次回到我的血管里

流淌

乌耳岛

我年轻的岁月都在那里度过

一点一点下沉的两艘木船

无法命名的日子全部涌上来

将我拥入怀中后

丢弃

那些问了那么久的话以浮标浮出水面

冰凉

水流耀眼

用堤堰击打无数的回答,拥抱海浪

因为是太多的爱

无法阅读,在我体内

真是无比炽热的血丝

日子啊

短暂的

日子啊

我愚蠢的日子

漆黑的日子都在那里
流淌到那里，跳着舞

序诗　　某一天命运降临

和我说话

说我就是你的命运。如果问我

你过去那段时间喜欢我吗？

我会静静地拥抱你

长久地

会流泪吗？还是心灵

变得无限宁静，现在

会觉得什么都不需要？

我不太清楚

会不会这样跟你说

我偶尔会感觉到你

但即使是在感觉不到你的时候

我知道我一直都和你在一起

不，不需要多说什么

因为

就算我不说

你都会知道

我爱过什么

后悔过什么

徒劳无功地想挽回什么

无止境地执着

纠缠

像瞎眼的乞丐一样摸索着

有时

是否曾试图背弃你

所以

你有一天来找我

终于露出脸孔

轮廓之间
沿着凹陷的眼窝和鼻梁的棱线
年幼的
抹去的阴影和光线
我会长久地凝视着你
我会把颤抖的双手放在上面
在那里
在你的脸颊上
斑驳的

六月

希望就像病菌一样

油菜花盛开的小巷

因雨丝倒下的草叶,草叶的身体

无法挺直

火辣辣的不只是胸口

不仅仅是脚掌

也不是痛了一整夜的胃

是什么让我前行,是什么

在我脚上穿上鞋子

推着我的后背

扶起了无力倒下的我

包住了紧咬的舌尖

摇晃的并不是阳光

尽情美丽吧!山川,并不是

闪耀的水流

是什么在我身体里痛楚,是什么永远

都不离开？因为我的身体

是绿豆芽，如果生病

就会想离开吗

如果停下脚步

就算摇晃，会将我的脚捆绑在大地的

你，有一群孢子摇曳的花

在那里开着

活着吧，活着

说出你还活着

虽然我捂住耳朵

不是耳朵能听到的声音，也不是

用耳朵

可以挡住的歌曲

首尔的冬天

某一天,某一天到来

如果那一天你到来

如果那天你化为爱走来

我满心都会是水蓝色,你的爱

沉浸在我的心里

真不忍心呼吸

让我成为你的呼吸,让我成为你

嘴唇里的无尽喘息,如果你来了,爱情啊

如果你能来

我会让你聆听

我薄冰流淌的脸颊上,你曾经喜欢过的

江水声

傍晚的素描 5

我凝望着
怀疑已死的黑树变为茂盛

凝望的期间，夜晚降临

淡绿色的眼睛里血液流淌
舌头被黑暗淹没

拭去的光芒
划下透明的刀痕

（因为活着）
将手伸向它的根部

关于作者

诗人韩江出生于1970年，1993年在季刊《文学与社会》冬季号刊登了《首尔的冬天》等其他四篇作品，隔年以短篇小说《红锚》在《首尔新闻》新春文艺获奖，由此开始了她的作家生涯。她出版的小说集有《丽水的爱情》《火蝾螈》和长篇小说《黑鹿》《你冰冷的手》《素食者》《起风了，走吧》《希腊语课》等。

《把晚餐放进抽屉》中充满为了接近沉默的画面而流血的语言。她也热烈地凝视流着血的心脏，试图确认作为灵魂存在的人类。她想从沉默和黑暗的世界中寻找闪耀的真相，并融入最初的语言中。火热而又冰冷的韩江第一本诗集是检验人类独有的"语言—灵魂"复苏可能性的痛苦的试金石。

关于译者

卢鸿金是大学教授、翻译家。热爱旅行、阅读、译写。二十余年来除从事对韩华语教学外,广泛阅读、翻译韩国文学作品。著、译有中、韩文各类书籍六十余种,发表论文二十余篇。代表译作有金英夏《杀手的记忆法》《光之帝国》《猜谜秀》《黑色花》《读》;朴范信《流离》;高银《招魂》;李文烈《我们扭曲的英雄》《问天,路怎么走》;法顶箴言集《凡活着的,尽皆幸福》。曾在韩国首尔交通广播电视台(TBS)"周末文化走廊"主讲韩国文学多年。

E-Mail : roctw@naver.com

图书在版编目（CIP）数据

把晚餐放进抽屉 /（韩）韩江著；卢鸿金译 . -- 北京：九州出版社，2023.9（2024.10 重印）
 ISBN 978-7-5225-1733-9

Ⅰ . ①把… Ⅱ . ①韩… ②卢… Ⅲ . ①诗集- 韩国-现代 Ⅳ . ① I312.625

中国国家版本馆 CIP 数据核字（2023）第 055228 号

서랍에 저녁을 넣어 두었다（I PUT THE EVENING IN THE DRAWER）by Han Kang
Copyright © Han Kang 2013
This edition arranged with ROGERS,COLERIDGE&WHITE LTD (RCW)
through Big Apple Agency, Inc., Labuan, Malaysia.
Simplified Chinese edition copyright © 2023 by Beijing Xiron Culture Group Co.,Ltd.
All rights reserved.

版权合同登记号　图字：01-2023-2637

把晚餐放进抽屉

作　　者	（韩）韩　江 著　卢鸿金 译
责任编辑	周红斌　张万兴
出版发行	九州出版社
地　　址	北京市西城区阜外大街甲 35 号（100037）
发行电话	(010)68992190/3/5/6
网　　址	www.jiuzhoupress.com
印　　刷	河北鹏润印刷有限公司
开　　本	787 毫米 × 1092 毫米　32 开
印　　张	5
字　　数	50 千字
版　　次	2023 年 9 月第 1 版
印　　次	2024 年 10 月第 4 次印刷
书　　号	ISBN 978-7-5225-1733-9
定　　价	58.00 元

★ 版权所有　侵权必究 ★